Christina Ducke

LEBEN UND STERBEN

©2016 Christina Ducke

Alle Rechte vorbehalten

Herstellung und Verlag: BoD - Books on Demand, Norderstedt

Einbandillustration: ©Christina Ducke

ISBN: 9783741211492

1

Grüne Augen. Starr. Ins Nirgendwo gerichtet.

Der letzte Zug an der Zigarette. Das zweite Glas Schnaps hinunter gekippt. Er nimmt die schwarze Lederjacke, zieht sie an. Verlässt die düstere Kneipe und tritt auf die düstere Straße hinaus.

Kalter Nieselregen trifft auf sein Gesicht. Er beachtet ihn nicht, seine Gedanken sind nur bei dem Auftrag.

Prüfend führt er die Hand zu der Waffe an seiner Hüfte.

Mit sicheren Schritten überquert er die Straße. Öffnet eine große Holztür, durch das Knarren lässt er sich nicht irritieren, schließlich ist er Profi, seit zehn Jahren im Geschäft.

Jetzt ist er 24 Jahre alt. Der wievielte Auftrag ist das eigentlich?

Er durchquert den dunklen Hof. Das Ziel ist eine weitere Tür. Dahinter ein Keller.

Er greift nach der Waffe.

Wieder eine Tür, kalter Stahl. Die freie Hand drückt die Türklinke hinunter. Er stößt sie auf.

Unter dem Kellerfenster hockt ein Mann. Offensichtlich war er gerade dabei Geld zu zählen.

Nun springt er auf.

KNALL!

Der Mann fällt neben seinem Geldkoffer auf den kalten Boden, Blut quillt aus der Kopfwunde.

Die Informationen sind gelöscht. Auftrag ausgeführt.

Doch Moment! Eine vage Bewegung am Kellerfenster. Schon ist der Killer zur Tür hinaus. Draußen auf dem Hof ist nichts zu sehen, auch die Straße ist leer. Kein Geräusch ist zu hören. Vielleicht war es eine Katze, vielleicht Einbildung.

Bericht muss er in jedem Fall erstatten. So etwas darf nicht passieren. Beobachter eines Mordes müssen eliminiert werden. Doch der Killer hat keinerlei Anhaltspunkte. Er muss aufgeben.

Versagt.

Er geht die dunklen Straßen entlang.

Sein Ziel: ein Hotel, gleich in der Nähe.

Wie in Trance bewegt er sich darauf zu. Nach jedem Auftrag braucht er Zeit um wieder zu sich selbst zu finden. Um eigene, persönliche Gedanken zu haben. Nicht an seine Arbeit zu denken. Runterzukommen. Der Alkohol war seit Jahren eine große Hilfe dabei.

Ziel erreicht. Sogleich begibt er sich zu seinem Zimmer. Jedoch nur um festzustellen, dass es dort nichts als ein Bett, einen Tisch und zwei Stühle gibt. Keine Getränke.

Zurück nach unten, in die Bar.

Alkohol. Beruhigung der Nerven. Der Weg zu sich selbst.

Das erste Glas - langsames Erwachen aus der Trance. Er sitzt an der Theke.

Das zweite Glas - auffallend hübsche Kellnerin, genau sein Geschmack, braune Augen, hellblonde Haare.

Er spürt eine Berührung an seiner Schulter, dreht sich um. Ein Fremder blickt ihm ins Gesicht, fragt, ob er mit Poker spielen will. Genug Geld hat er. Hat ja auch genug Aufträge. Er geht dem Fremden hinterher. An einem runden Tisch sitzen andere Fremde, er setzt sich dazu. Die Karten werden gemischt. Die hübsche Kellnerin bringt für jeden am Tisch ein Glas Schnaps, auch für ihn.

Sie ist wirklich hübsch, unglaublich reine, aufrichtige Augen. Braun, fällt ihm erneut auf. Sie sieht ihn kurz an, blickt zu Boden und geht wieder.

Das dritte Glas - jetzt ist er bald wieder da.

Er pokert mit den Fremden, raucht, trinkt. Zwischendurch beobachtet er die Kellnerin. Wie wohl ihr Name lautet?

»Wie heißt du eigentlich?« Der Fremde, der ihn zum Pokern eingeladen hat, sieht ihn erwartungsvoll an. Der

Killer richtet seine Augen auf den Fragenden, weiß um seinen abwesenden Blick.

Er hat viele Namen, so wie es in seiner Branche üblich ist.

»Cain.« Er nennt automatisch einen Deckname. »Mein Name ist Cain.«

Die Fremden nehmen es hin.

Er sieht zu der Kellnerin. Würde sie die Bedeutung des Namens erkennen? Kain – der Mörder.

2

Verloren.

Er hat selten ein so schlechtes Blatt auf der Hand. Heute ist wohl nicht sein Tag. Ob die gut aussehende Kellnerin den Rest der Nacht mit ihm verbringen würde? Einen Versuch ist es auf jeden Fall wert.

Kurze Verabschiedung von den Fremden. Die Kleidung richten. Hoffentlich macht die Waffe keinen schlechten Eindruck auf die Frau. Aber natürlich hat er als Profi die passende Geschichte parat.

Mit festen Schritten bewegt er sich in ihre Richtung. Sie steht hinter der Theke und füllt Gläser. Sie bemerkt ihn und sieht direkt in seine Augen.

Er zögert einen Moment.

Setzt sich dann aber. Die Theke zwischen den beiden, die Waffe dadurch unsichtbar.

»Wie heißt du?« Etwas wie Unruhe steigt in ihm auf. Sie mustert ihn. Sein schwarzes Hemd, die Lederjacke, die schwarzen Haare, ihr Blick wandert. Seinen Körper entlang.

Dann sieht sie wieder in seine Augen. Braune Augen in grüne Augen.

»Wie heißt du?« Ein leichtes Lächeln lässt ihr Gesicht erstrahlen. Ein Grinsen zuckt über seine Lippen. Ungewollt.

»Ich heiße Cain.« Hatte sie die Waffe an seiner Hüfte bemerkt? Im Moment kann sie sie nicht sehen. Erkennt sie die Bedeutung des Namens? Die Gedanken hinterlassen keinerlei Spuren auf seinem Gesicht, verwischen sein Grinsen nicht. Wo kommen diese Fragen her?

Sie lächelt. »Mein Name ist Luci.«

»Luci.« Verlangen nach der Frau brodelt tief in ihm auf. »Schöner Name.«

Sie sieht ihn an. Groß. Offen. Klar und ehrlich.

Was wollte er ihr eigentlich sagen?

Doch bevor er zu Wort kommen kann, bemerkt er ein kleines Mädchen. Es steht wie angewurzelt neben ihm und starrt ihn an.

Auch Luci ist es aufgefallen. Sie eilt um die Bar, hebt das Mädchen hoch und drückt es an ihre Brust. Dann sieht sie ihn wieder an.

Zurückhaltend.

Sie ist wirklich hübsch.

»Das ist Mila, meine Tochter.« Ein Zittern schwingt in ihrer klaren Stimme mit.

Warum hat sie eine Tochter? Welcher Mann hatte das Glück sie vor ihm kennenzulernen?

Das ist wirklich nicht sein Tag!

»Dies ist aber kein Ort für kleine Kinder.« Er sagt es

scherzhaft. Sein Missfallen verbirgt er.

Sie schlägt die Augen nieder, das muss Sorge sein. Sie hat also ein Problem. Vielleicht kann er ihr helfen, für einen bestimmten Preis natürlich. Und dieser Preis wäre sie.

Eigentlich ist sein Leben überhaupt nicht familientauglich. Als Profi sollte man sich nicht zu diesen Dingen hinreißen lassen.

Doch sie ist so schön, durch ihre Aufrichtigkeit und Reinheit scheinbar unerreichbar – und dadurch so reizvoll.

»Kann sonst niemand auf die Kleine aufpassen, solange du arbeitest?«

Das Mädchen sieht ihn böse an und murmelt: »Ich bin nicht klein! Ich bin schon fünf Jahre alt.«

Sie hat nicht die wunderschönen Augen ihrer Mutter geerbt.

Luci lächelt und streichelt dem Mädchen über die Haare. Auch Cain lächelt. Wie lautet die Antwort auf seine Frage?

Luci stellt das Mädchen auf den Boden. »Mila, kannst du bitte in die Küche gehen und Sophie helfen? Ich glaube, ohne dich schafft sie den vielen Abwasch nicht.«

Mila beginnt über das ganze Gesicht zu strahlen. Sie nickt und rennt hinter die Theke und durch eine Tür.

Nun ist er mit ihr allein.

Endlich.

Sie sieht betreten zu Boden. Dann, einen Wimpernaufschlag später scheint sie in seine Seele einzutauchen.

»Ich habe gegen elf Uhr Feierabend. Wenn du möchtest, können wir uns dann treffen. Sophie wird sich heute bestimmt um Mila kümmern.«

Gewonnen!

Vielleicht ist dieser Tag doch nicht so schlimm, wie er anfangs dachte.

3

Ein blutroter Mond ist am Himmel zu sehen. Cain, der Killer steht am Fenster seines Hotelzimmers und betrachtet diesen Mond. Ungeduldig wartet er auf den Augenblick, in dem er sie wiedersehen wird.

Luci. Sein Engel.

Er zählt jede Minute. Das dritte Glas Whisky, welches er in seiner Hand hält, ist zur Hälfte geleert.

Die Zigaretten hat er gar nicht gezählt.

Unerträglich diese Warterei.

Der verpatzte Auftrag kommt ihm in den Sinn.

Wenn er in die Augen dieser Frau sieht, kann er seine Aufträge vergessen. Es existieren nur noch er und sie.

Doch das Warten bringt die Gedanken an die Realität zurück.

Wie soll ein Mörder wie er mit einer solchen Frau zusammen sein? Wenn sie Bescheid wüsste über seine Arbeit, sie würde kein Wort mehr mit ihm wechseln.

Trotzdem kann er nur noch an sie denken.

Er weiß von Killern mit Familie, sie arbeiten alle weiter für die Firma.

Er weiß aber auch, dass es dann sehr schwirig ist, Stillschweigen über das Leben als Auftragsmörder zu wahren.

Ist man immer allein, gibt es auch niemanden den es interessiert, was man den ganzen Tag tut.

Aber man ist eben allein.

Auch ein Mörder braucht den Kontakt zu anderen Menschen. Vielleicht gerade wegen dieser Arbeit.

Er wird es einfach probieren. Er wird es schon schaffen. Er ist schließlich einer der Besten!

Punkt elf Uhr. Wie verabredet wartet er am Personalausgang. Er hat gerade beobachtet, wie eine Frau die schlafende Mila in ein Auto getragen hat. Er wird wirklich mit Luci allein sein. Wenn sie nur endlich kommen würde.

Nur einige Minuten später öffnet sich die Tür erneut. Da ist sie. Er geht auf sie zu. Ein, wie er weiß, verführerisches Lächeln umspielt seine schmalen Lippen. Sie sieht ihm kurz ins Gesicht und lässt sogleich ihren Blick wieder auf dem Boden ruhen.

Er fasst ihre Hand – sie zieht sie nicht weg – und sagt: »Komm mit!«

Er geht los – sie folgt ihm. Ohne zögern.

Er kennt hier einen besonderen Ort. Den hat er während der Beschattung seines heutigen Opfers gefunden.

Dabei interessierte ihn die Schönheit irgendwelcher Orte eigentlich nicht.

Aber sie wird es interessieren.

Es handelt sich um einen kleinen Garten. Er liegt auf dem Dach eines alten Backsteinhauses.

Sie kommen schweigend bei dem Haus an und er führt Luci über die Feuerleiter hinauf.

Er ist sich sicher, dass es ihr gefallen wird.

Endlich sind sie oben. Luci steht mit dem Rücken zu ihm. Doch er weiß, dass dieser Ort perfekt ist. Wie sie nach Luft geschnappt hat und ihre entspannte Körperhaltung. Das sagt alles!

Im Stillen dankt er seinem heutigen Opfer, dass es diesen Garten angelegt hat.

Sie reden. Lange.

Eigentlich redet nur Luci. Er hört zu. Gebannt.

Er saugt all ihre Worte in sich auf.

Das Übliche. Sie hatte einen Mann kennengelernt. Zwei Monate später war sie schwanger. Und er war weg. Nun ist sie allein. Mit dem Kind. Sie hat sich bis jetzt durchgekämpft. Fast sechs Jahre. Nun ist sie am Ende ihrer Kräfte. Klammert sich an jede Hoffnung.

Scheinbar zutiefst erschöpft lehnt sie ihren Kopf an

seine Schulter. Er nimmt sie in den Arm.

Leise rinnen Tränen ihre Wangen hinab. Er atmet den Duft ihrer Haare ein.

»Heirate mich!«

Sie hebt den Kopf, öffnet den Mund, ohne etwas zu sagen, runzelt die Stirn.

Er steht auf und kniet dann vor ihr nieder, fasst ihre Hand.

»Heirate mich!«

Sie schüttelt den Kopf. »Aber ... wir kennen uns doch gar nicht.«

»Luci! Ich liebe dich. Mehr muss ich über dich nicht wissen.«

Sie fährt mit der Zunge über ihre Lippen, das Mondlicht glänzt auf ihnen.

»Ich kann doch keinen Mann heiraten, den ich erst seit ein paar Stunden kenne.«

Das hat er sich gedacht.

»Dann lass uns etwas zusammen unternehmen, damit wir uns besser kennenlernen.«

Sie lächelt. Dann nickt sie. Er springt auf und nimmt sie in seine Arme.

Wann war er das letzte Mal so glücklich? So lebendig?

4

Er geht eine überfüllte Fußgängerzone entlang. Die grünen Augen starr geradeaus gerichtet. Und doch ist etwas anderes in diesen Augen zu sehen. Er weiß es. Sie sind nicht mehr so tot wie in den letzten Jahren. Wenn jemand genau hinsehen würde, fiele ihm auf, dass sie nur so vor Leben und Glück sprühen. Aber der Rest seines Körpers verrät nichts von der wunderschönen vergangenen Nacht.

Das wäre auch fatal, die Firma würde sofort Verdacht schöpfen und Luci genau unter die Lupe nehmen.

Er betritt das Café - den Treffpunkt. Wie verabredet sitzt der Mann im dunkelblauen Anzug an Tisch sieben. Cain setzt sich ihm gegenüber, gibt den Umschlag mit seinem Bericht ab. Da er bei dem Mord beobachtet wurde, wird er nur die Hälfte des ausgemachten Betrages erhalten.

Doch das ist immer noch mehr als genug.

Der Mann im Anzug reicht ihm einen anderen Umschlag, der neue Auftrag.

Er denkt an Luci. Holt den Zettel raus.

Lara Passmann, 37 Jahre alt, deutsch.

Darunter noch ein kurzer Bericht mit weiteren Details, wie dem aktuellen Aufenthaltsort und bekannten Vorlieben und Schwächen.

Beigelegt ist das Passfoto einer unscheinbar wirkenden Frau.

Mit einem kurzen Nicken bestätigt er die Annahme des Auftrages. Der Mann im dunkelblauen Anzug erhebt sich und verlässt das Café.

Bevor er selbst geht, raucht er noch eine Zigarette und trinkt einen Kaffee. Dabei denkt er an die vergangene Nacht.

Luci liebt ihn.

Der Killer hat es an ihrer Körperhaltung, dem Klang ihrer Stimme gesehen. Wie sie versucht hat, ihn nicht zu beobachten.

Sein Kaffee ist leer. Er bezahlt und tritt auf den Gehweg hinaus.

Aus seiner Hosentasche holt er ein Feuerzeug. Während er die Straße entlang läuft, verbrennt er den Auftrag. Die Informationen hat er sich bereits gemerkt. In seiner Branche darf man keine solchen primitiven Spuren wie Zettel mit Daten hinterlassen.

Die Hauptstadt.

Viele seiner Aufträge führen ihn hierher.

Die Frau wurde erst vor zwei Tagen hier in einem Hotel gesehen.

Er hat herausgefunden, dass sie immer noch dort wohnt.

Sie hat unter ihrem richtigen Namen im Hotel eingecheckt. Scheint neu im Geschäft zu sein und obendrein sehr naiv.

Im Gegensatz zu ihr ist er realistisch. Und er weiß genau, dass der Auftraggeber dieser Frau sich bald neues Personal zulegen muss.

Es dauert nicht lange und sie tritt auf die Straße.

Allein.

Er folgt ihr. Sie geht in ein teures Restaurant. Scheint gutes Geld zu verdienen.

Sie nimmt an einem Fenster Platz, sogleich erscheint ein Kellner.

Der Killer wartet draußen auf sie. Versteckt zwischen Büschen. Jetzt heißt es warten.

Seine Gedanken schweifen zu Luci. Er kann nichts dagegen tun. Ihre weiche Haut. Ihr Geruch: frisch vom Wind. Das wallende Engelshaar.

Zwei Stunden später. Endlich bezahlt die Frau und erhebt sich.

Er wartet.

Sie müsste genau in diesem Augenblick das Restaurant verlassen.

Vielleicht ist sie zur Toilette gegangen. Jetzt zu warten

könnte Unannehmlichkeiten verursachen.

Er betritt das Restaurant. Sie ist nirgends zu sehen. Er bewegt sich Richtung Toiletten. Eine ältere Frau kommt ihm entgegen.

Glück.

Er fragt nach. Die Dame kann sich nicht erinnern jemanden gesehen zu haben.

Verdammt.

Er sucht den Kellner, der die Frau bedient hat. Findet ihn. Sie habe den zweiten Ausgang des Restaurants genommen.

Die Laune des Killers sinkt dramatisch. Er ist wütend auf sich selbst. Er hätte sich besser informieren sollen. Stattdessen war er in Gedanken bei Luci.

Und die Zielperson scheint doch nicht so naiv zu sein. Oder sie hatte einfach Dusel. Er verlässt das Restaurant durch den zweiten Ausgang.

Auf der Straße dahinter - keine Menschenseele.

Scheiße!

Er ist wieder vor dem Hotel seiner Zielperson. Sie zu suchen hätte keinen Zweck gehabt.

Dieses Mal hat er sich besser vorbereitet. Für Gäste hat das Hotel nur einen Eingang.

Während er sich darauf einstellt wieder längere Zeit zu warten, taucht seine Zielperson gerade am Ende der Straße auf. Sie geht mit langen, gehetzten Schritten und wirft hastige Blicke über die Schulter.

Sie hatte wirklich bemerkt, dass sie verfolgt wurde. Wahrscheinlich hatte sie sich nur so naiv gestellt. Er muss sich ab jetzt wieder vollkommen auf seine Arbeit konzentrieren. Wären seine Gedanken nicht ständig bei Luci, hätte er den Auftrag schon längst erledigt.

5

»Was ist mit dir? Du wirkst so abwesend.«

Er sieht sie an. Sie ist so wunderschön.

»Hast du Probleme auf Arbeit?«

Oh, ja! Die hat er. Wie gern er ihr die Wahrheit erzählen würde. Aber das geht nicht, sie würde nie wieder etwas mit ihm zu tun haben wollen. Und zudem von einem seiner Kollegen besucht werden.

»Du hast recht, gestern lief alles schief auf Arbeit.«

Wie immer muss er lügen. Er hatte Luci erzählt, er wäre ein Lieferant. Jedoch kein normaler, sondern ein Lieferant für sehr wichtige und wertvolle Dinge. Das erzählt er meistens, denn so lässt sich gut sein Waffenbesitz erklären. Und seine häufige Abwesenheit.

»Das tut mir leid. Konntest du die Sache wieder geradebiegen?« Sie ist so aufrichtig, so ehrlich.

»Ja, das konnte ich. Allerdings hatte sich die Lieferzeit erheblich verlängert, das hätte nicht passieren dürfen.« Dies war nicht einmal gelogen, Lara Passmann wurde doch noch Tod in ihrem Hotelzimmer gefunden, obwohl nicht alles nach Plan gelaufen war.

Sie berührt sanft seine Hand. Lächelt.

»Keine Angst, es wird alles gut werden.«

Wenn er irgendwann Kinder mit ihr haben sollte, würden sie hoffentlich alle wie sie sein. Er kann sich nicht erinnern, dass sich jemand einmal so nett und herzlich ihm gegenüber benommen hat. Eigentlich hat sie keinen so schlechten Menschen wie ihn verdient.

Sein Handy klingelt. Er entschuldigt sich, geht ein paar Meter weiter. Sofort wieder der alte Killer.

Es wird jemand mit einer Nachricht zu ihm geschickt. Das kann nichts Gutes bedeuten. Er denkt an seine Fehler in letzter Zeit.

Dann fällt sein Blick auf Luci. Wenn sie etwas herausbekommen haben ... nicht auszudenken. Er muss hier weg!

Er läuft zu ihr zurück, gibt eine kurze Erklärung ab und verschwindet. Sie bleibt wie angewurzelt sitzen. Verdammt, was wird sie nur nach dieser Aktion von ihm denken?

Der Treffpunkt, eine Bank im Park. Die Kontaktperson, schon da. Um was für eine Nachricht es sich wohl handelt?

Er wird es sicher gleich erfahren.

Als er nur noch wenige Schritte von der Bank entfernt ist, hebt die lässig dasitzende Person den Kopf und blickt ihm mit einem schiefen Grinsen entgegen.

Voller Erstaunen bleibt der Cain stehen. Er kennt den

anderen. Die hellblonden Haare, die grauen, eiskalten Augen, die schmalen Lippen. Das kann nur einer sein.

»Hiob! Was tust du denn hier?«, fragt Cain.

Die Mundwinkel der Kontaktperson ziehen sich noch etwas mehr nach oben.

»Hallo Cain, lange nicht gesehen.«

Er steht von der Bank auf, kommt auf ihn zu. Das Grinsen verblasst.

»Um eins gleich klar zu stellen, mein Deckname ist schon seit Jahren nicht mehr Hiob. Ich heiße jetzt Justus Kronenberg, merk dir das gefälligst!«

»Ist ja gut. Und ich bin kein Kind mehr, das solltest du dir merken, Justus.«

Justus lächelt.

»Sehr schön. Jetzt erzähl mir bitte, was bei dir zur Zeit los ist. Als ich deine letzten Berichte durchgegangen bin, hatte ich nicht das Gefühl von meinem alten Schüler zu lesen.«

»Und als dein ehemaliger Schüler sage ich dir, dass dich das nichts angeht und ich keine Probleme habe. Keine Angst, ich habe nichts, von dem, was du mir beigebracht hast, vergessen.«

Justus lächelt noch immer.

»Das hatte ich auch nicht anders erwartet. Ich würde

von dir auch erwarten, dass du deine Probleme allein lösen kannst, welcher Art sie auch immer sein mögen.«

»Und, warum bist du dann hier?«

Alle möglichen Vorahnungen, was die Antwort sein könnte, jagen in seinem Kopf hin und her, immer wieder unterbrochen von Gedanken an Luci. Ihre vollen geschwungenen Lippen ...

»Im Gegensatz zu mir hat unsere Firma kein solches Vertrauen in dich.«

»Was heißt das jetzt konkret?« Langsam wird er ungeduldig.

Ein hinterhältiges Lächeln umspielt Justus' Lippen.

»Bevor ich es dir sage, möchte ich dich bitten ruhig zu bleiben und deine Gefühle nicht an mir auszulassen.«

Justus weiß ganz genau wie impulsiv Cain in manchen Situationen reagiert und hat sich schon vor zehn Jahren einen Spaß daraus gemacht.

»Sie wollen, dass wir beide als Team arbeiten, ich soll dich quasi überwachen. Rund um die Uhr.«

Cain steht der Mund offen. Das kann doch nicht wahr sein! Ein Partner, eigentlich ein Aufpasser.

Er arbeitet schon seit Jahren allein. Er ist ein Profi!

Dann auch noch sein ehemaliger Lehrer, als wäre er wieder ein Kind.

Nur weil zwei Aufträge nicht ganz glatt gelaufen sind.

Hätten sie nicht einfach seinen Lohn streichen können?

Nein, hätten sie nicht, das weiß er selbst. Er verdient mit einem Auftrag genug, um ein Jahr zu überleben. Und er hat schon genug Aufträge für zehn Leben erledigt.

Resignierend setzt er sich auf die Bank. Auch Justus nimmt wieder Platz. Er reicht ihm eine Zigarette. Dankbar nimmt Cain sie an.

Auch Justus raucht eine.

Es ist wie nach Cains erstem Mord, damals saßen sie zusammen auf einem Hochhausdach.

Sein erster Mord - seine erste Zigarette.

Er war erst knapp drei Monate Mitglied der Firma gewesen.

14 Jahre alt.

6

Das meiste was er kann, hat er von Justus gelernt, wie soll er ihn da hintergehen? Dieser Typ weiß so gut wie alles über ihn.

Justus – der Gerechte. Von Wegen, er kennt kaum jemanden der hinterhältiger und kaltblütiger sein kann als dieser Kerl. Er ist wirklich mit allen Wassern gewaschen.

Trotz allem muss Cain einen Weg finden Luci zu kontaktieren. Er muss ihr wenigstens irgendeine Lüge auftischen, welche erklärt warum er sie nicht mehr sehen kann.

Dass er nun einen Aufpasser hat, wird sicher kein Dauerzustand sein und in dieser Zeit muss er lernen auf Luci zu verzichten.

Ihm fällt keine andere Lösung ein.

Aber wie soll er ihr eine Nachricht zukommen lassen, wenn Justus ihn rund um die Uhr überwacht? In seinen Augen war Justus immer perfekt. Es gab nie einen Weg ihn reinzulegen oder zu täuschen.

Allerdings hat Cain auch von ihm gelernt, dass jeder Mensch eine Schwachstelle hat, man muss sie nur finden.

Das Problem ist, dass Justus es erstaunlich gut versteht seine Schwächen zu verstecken.

Wie konnte er nur in eine so verzwickte Situation geraten?

Nein! So darf er an die Sache nicht herangehen.

Als er ihn das letzte Mal gesehen hat, war Justus jünger als Cain heute. Warum sollte er nun keine Chance gegen ihn haben?

Er wird ihn die nächsten Tage genau beobachten.

In einer Woche ist sein nächstes Treffen mit Luci geplant, bis dahin muss es doch möglich sein eine Schwachstelle zu finden. Sobald er eine gefunden hat, wird er alles daran setzen sie auszunutzen – gnadenlos!

Am Abend sitzt Cain in einem der Sessel des Hotelzimmers.

Justus liegt auf dem Sofa, die Füße überkreuzt, die Augen an die Decke gerichtet.

Sie hatten sich natürlich ein Zweibettzimmer genommen. Obwohl sich Cain sicher ist, dass Justus ihn auch vom anderen Ende der Stadt perfekt überwachen würde.

Nun öffnet Cain den Umschlag, den sein Aufpasser mitgebracht hat. Ihr erster gemeinsamer Auftrag. Nach sieben Jahren.

Nachdem Cain den Auftrag durchgelesen hat, zerknüllt

er ihn und schleudert das Papier auf den Boden.

Justus sieht ihm ausdruckslos vom Sofa entgegen. Cain hat ihn offensichtlich gerade aus seinen Gedanken gerissen.

Diese Miene kennt er noch sehr gut von früher. Ganz am Anfang seiner Ausbildung fand er Justus‹ starren, toten Blick so gruselig, dass er jedes Mal eine Gänsehaut bekommen hatte.

Jetzt entdeckt er diesen Ausdruck oft bei sich selbst.

»Spuk's aus!« Noch immer ist keine Regung in Justus‹ Augen zu sehen.

»Wir sollen jemand für einen Tag beobachten. Mehr nicht! Für wen halten die mich?« Cain spürt heiße Wut in sich aufsteigen.

Um Justus‹ Mund breitet sich ein Grinsen aus.

»Vielleicht soll ich mit dir noch einmal ganz von vorn anfangen.«

Obwohl er weiß, dass sein ehemaliger Lehrer es umso lustiger findet, je aufgebrachter Cain ist, fällt es ihm trotzdem schwer, seinen Ärger im Zaum zu halten.

Voll von unterdrückter Wut geht er in das Badezimmer, schließt ab und zieht sich aus.

Immer wieder erstaunlich, wie gut eine heiße Dusche ist, um wieder auf den Boden der Tatsachen zu kommen.

Nach einer halben Stunde verlässt er das Badezimme.

Er fühlt sich jetzt viel besser. Sein ganzer Ärger ist verflogen. Vorerst.

Justus ist mittlerweile zur Bar des Zimmers gegangen und hat zwei Gläser Whisky auf Eis vorbereitet. Den Auftrag hatte er aufgehoben, etwas geglättet und auf den Tisch gelegt.

»Du solltest diesen Auftrag nicht auf die leichte Schulter nehmen.« Seine Stimme ist sachlich, ohne spottenden Unterton. »Hast du eine Ahnung, wer das ist? Dieser Kerl hat-«

»Ich weiß, wer das ist!« Der eben verebbte Ärger steigt wieder auf.

Justus' Lippen zucken kurz zu einem leichten Lächeln, dann trinkt er einen Schluck.

»Wir sollten einen Plan entwerfen wie wir vorgehen – zusammen!« Mit neutraler Miene nimmt Justus am Tisch Platz.

Widerwillig setzt Cain sich zu ihm.

7

Eine Woche später.

Nach der Beobachtung haben Cain und Justus noch einen weiteren Auftrag erledigt. Beide mit Bravour abgeschlossen.

Sie waren von Anfang an wieder das eingespielte Team von vor sieben Jahren.

Allerdings ist Cain in seinem privaten Auftrag weniger erfolgreich gewesen. Er fand einfach keinen Angriffspunkt an Justus.

Heute ist der Tag, an dem er sich mit Luci treffen will. Und er hat keinen Weg gefunden, sie zu kontaktieren, ohne von Justus dabei beobachtet zu werden.

Am Abend, sie wohnen wieder in einem Hotel, geht Cain noch einmal in eine Kneipe. Er will einfach nur Ruhe vor Justus haben. Auch wenn dies unmöglich scheint.

Wie zum Beweis sitzt sein Wachhund plötzlich neben ihm und bestellt Bier und einen Schnaps. In diesem Moment kommt Cain ein Gedanke.

Als er vor zehn Jahren Justus kennengelernt hat, versuchte er zwei oder drei Mal ihm zu entkommen, wenn dieser betrunken war.

Cains Lehrer war trotzdem immer wachsam genug um

seine Fluchtpläne zu durchschauen.

In der darauffolgenden Zeit hatte Cain sich an Justus und seine Art gewöhnt. Es dauerte nicht lange und sie wurden gute Freunde.

Doch damals kannte er seine Luci noch nicht.

Er nimmt sein Bier und hält es Justus entgegen. »Auf dass wir bald ordentliche Aufträge bekommen.«

Justus‹ Mundwinkel zieht sich nach oben, er stößt an und sie leeren ihre Gläser.

Einige Getränke später verschwindet Justus zur Toilette und Cain aus der Hotelbar.

Angekommen.

Der Wohnblock in dem Luci lebt. Ziemlich heruntergekommene Gegend.

Justus kann ihm unmöglich gefolgt sein. Er hatte einen reichlichen Vorsprung. Sein Plan hat erstaunlich gut funktioniert.

Allerdings muss er sein plötzliches Verschwinden noch erklären, was ein großes Problem darstellen wird.

Aber darum wird er sich später kümmern, zuerst ist Luci an der Reihe.

Er sucht das Klingelschild ab. Alstar - neunte Etage.

In dem Moment als er klingeln will, öffnet sich die

Eingangstür. Ein Jugendlicher tritt heraus, beäugt den Killer feindselig, als wolle er sein Revier verteidigen. Cain ignoriert ihn, drängelt sich vorbei. Betritt das Haus.

Kein Fahrstuhl, arme Luci.

Er kann es kaum erwarten sie wiederzusehen. Er rennt drei Stufen auf einmal nehmend hinauf. Dann ist er da, klopft an die Tür.

Sie öffnet sich – Mila.

Was will die Göre hier?

Das Mädchen schnappt nach Luft, will die Tür wieder schließen, er hält sie offen. Schiebt Mila zur Seite. In dem Moment kommt Luci durch eine offene Tür, einen Teller und ein Geschirrtuch in den Händen, um ihre schmale Taille eine geblümte Schürze gebunden.

Wie erstarrt schaut sie ihn an.

Er ist sich unsicher, was er sagen soll.

Mila schließt die Tür.

»Oh, mein Gott.« Lucis Gesicht wird rot. »Dich hatte ich ganz vergessen. Wie ich aussehe.«

Sie dreht sich um und läuft mit Teller und Geschirrtuch ins nächste Zimmer und schlägt die Tür hinter sich zu.

Cain steht immer noch im Flur.

Es kommt selten vor, dass er sich unsicher fühlt, aber in diesem Moment ist er sich überhaupt nicht sicher, was er von dieser Situation halten soll.

Wie konnte sie ihn nur vergessen?

Das Mädchen geht aus leisen Sohlen in ein Zimmer am Ende des Korridors. Lässt ihn nicht aus den Augen, bis die Tür ganz verschlossen ist. Er starrt zu dem Raum, in dem Luci verschwunden ist.

Sie tritt heraus, in eine weiße Jeans und ein schlichtes hellgrünes T-Shirt gekleidet.

Sie ist so wunderschön. Anmutig. Wie eine gute Fee.

Fahrig streicht sie ihr Haar hinters Ohr. Weicht seinen Blicken aus. Sie scheint sich dafür zu schämen, ihn vergessen zu haben.

Er weiß nicht, was er sagen soll.

Endlich ergreift sie die Initiative, indem sie ihn in das Wohnzimmer bittet.

Während er sich in einen Sessel setzt, überlegt er, was mit ihr sein könnte. Etwas scheint auf ihr zu lasten, etwas das bei ihrer ersten Begegnung noch nicht da gewesen ist.

Zu diesem Zeitpunkt war sie zwar gestresst und vom Leben erschöpft, aber trotz allem hatte eine kindliche Unbeschwertheit an ihr gehaftet.

Diese Unbeschwertheit scheint nun zerbrochen zu sein.

Wie sie sich auf die Couch setzt. Nicht nur erschöpft. Steif. Angespannt. Mit Sorge und versteckten Tränen in

Augen.

Wut steigt in ihm auf. Was hat seine Luci kaputtgemacht?

Er setzt sich neben sie auf das Sofa, legt seine Hand auf ihr Knie. Sie dreht sich leicht weg.

»Was ist los?« Sorge klingt in seiner Stimme.

Plötzlich bricht sie in Tränen aus, lehnt sich an seine Schulter und durchnässt sein Hemd. Der Killer streicht mit der Hand sanft über ihren Kopf.

Ihr Haar ist herrlich weich. Schmeichelt seiner Haut.

»Gekündigt.« Sie schluchzt in seine Schulter »Das Hotel hat mir gekündigt, einfach so.«

Nun wird ihm alles klar. Luci hatte ihm erzählt, dass sie große Geldprobleme hat. Sie findet immer nur schlecht bezahlte Jobs, ihre Eltern sind schon lange Tod und Milas Vater ist nicht mehr aufzufinden. Er weiß noch nicht einmal, dass er ein Kind hat.

Cain nimmt sie fest in seinen Arm und verspricht ihr, dass alles gut wird. Luci weint noch immer.

Plötzlich springt er auf und kniet vor ihr nieder. Sie sieht ihn ganz erschrocken an.

»Verstehst du, Luci?« Die Worte sprudeln nur so aus ihm heraus. »Ich liebe dich, ich will dich heiraten, du brauchst dir keine Sorgen mehr zu machen. Alles wird gut.«

Erst jetzt wird ihm bewusst, was er da gerade eben gesagt hat.

Wie kann ihm diese Frau nur so den Kopf verdrehen? Er weiß noch nicht einmal was für eine Bestrafung ihn dafür erwartet, dass er vor Justus davongelaufen ist.

Doch nun ist es zu spät, diese Suppe wird er irgendwie auslöffeln müssen.

Luci sitzt noch immer wie erstarrt auf dem Sofa.

Cain beschließt, die Sache zu Ende zu bringen. Er greift ihre Hände und versinkt in ihren wunderschönen braunen Augen.

»Ja oder Nein?«

Lucis Lippen zittern.

Er kann die Spannung kaum noch aushalten, sie soll endlich antworten!

»Jetzt sag doch was!«

Erneut bricht sie in Tränen aus. Fällt ihm in die Arme.

»Ja, ja, ja.« Sie flüstert es immer wieder in seine Schulter. Ihre Tränen fließen noch strömender als vorher.

8

Ziellos trottet er durch die Dunkelheit der Stadt. Die neu gekaufte Schachtel Zigaretten zur Hälfte leer.

Er ist nach seinem Antrag nicht mehr lange bei Luci geblieben. Sie will in Ruhe über die so plötzlich veränderte Situation nachdenken.

Auch er muss nachdenken. Wie soll es nun weitergehen? Er hat ihr zwar gesagt, dass er einen wichtigen Auftrag erledigen muss und sie deshalb keinen Kontakt haben können, aber was nach seiner Flucht wirklich mit ihm geschehen wird, davon hat er noch keine Ahnung.

Es kann passieren, dass er Justus für längere Zeit nicht loswird. Das wäre kompliziert.

Er hat aber auch schon von Killern gehört, die wegen Kleinigkeiten Tod aufgefunden wurden. Der Grund: Sie waren für die Firma nicht mehr von Vorteil. Das wäre schlecht.

Wie würden sie mit ihm Verfahren? Ist er noch tragbar für seine Arbeitgeber?

Und was würde aus Luci werden, wenn er nicht mehr zu ihr gelangen würde - aus welchem Grund auch immer.

Diese Frau macht ihn echt fertig! In den letzten zehn Jahren hat er sich nie um das Befinden und die Gefühle anderer Menschen gekümmert. Nur er war wichtig.

Doch nun ist diese Frau in sein Leben getreten und er kommt von ihr einfach nicht mehr los.

Er biegt um eine Hausecke. Schon steht er vor dem Hoteleingang. Ein letzter Zug an der Zigarette, die Schachtel ist mittlerweile leer, und er betritt das Hotel.

Wo mag Justus sein? Wartet er im Zimmer auf ihn? Sitzt er noch immer in der Bar? Oder läuft er durch die Nacht und sucht ihn?

Ein kurzer prüfender Blick in den Schankraum, hier ist er nicht. Also nach oben.

Cain schließt das Zimmer auf, durchsucht sämtliche Räume, hier ist er auch nicht.

Na toll, Justus sucht anscheinend nach ihm.

Vielleicht hat der Kellner der Bar etwas mitbekommen.

Wieder nach unten.

Gut, die Bedienung ist noch da. Kurze Beschreibung von Justus. Er überlegt. Denk schneller, du Idiot!

Er hat ihn das letzte Mal auf dem Weg zur Toilette gesehen.

Natürlich ist er zur Toilette, diesen Weg hat Cain schließlich auch genommen. Es ist unwahrscheinlich, aber vielleicht findet er dort einen Hinweis.

Alles sieht noch genauso aus, wie er es verlassen hat, sogar das Fenster steht noch offen.

Justus muss draußen nach ihm suchen.

Am besten ist es wahrscheinlich, wenn er oben im Zimmer auf seinen Partner und dessen Urteil wartet. Irgendwann muss der schließlich wieder auftauchen.

Er dreht sich um und will gerade die Tür hinter sich schließen, als er stutzt.

Er geht zurück und stellt sich vor die Kabinentür.

Deutlich hört er darin jemand atmen.

Da sie nur angelehnt ist, greift er vorsichtig nach der Klinke und zieht die Tür auf.

Was er nun zu Gesicht bekommt, hätte er nie erwartet.

Vor der Toilette, welche voller Erbrochenem ist, liegt Justus und schläft.

Ein Lächeln breitet sich auf Cains Gesicht aus. »Da hab ich seine Schwachstelle aber im richtigen Augenblick gefunden.«

Voller Erleichterung verlässt er den Raum und begibt sich in sein Zimmer.

Als er im Bett liegt, wird ihm bewusst, dass selbst ein perfekter Killer diese Maske nur zum Schein trägt.

9

Am nächsten Morgen wird Cain von Justus geweckt. »Los, aufstehen, du Döskopp!«

Von der vergangenen Nacht sind keine Spuren auf Justus' Gesicht zu sehen, er schafft es tadellos, seinen Kater zu überspielen.

Cain hat Mühe sich ein Grinsen zu verkneifen.

Auch wenn er weiß, dass er sich auf den gestrigen Fehltritt nicht verlassen kann, beruhigt es ihn ungemein, dass sein großes Vorbild auch nicht tadellos ist.

Nun muss er es nur noch schaffen diesen Fehler effektiv zu nutzen.

Drei Tage und damit zwei Morde später.

Cain und Justus sitzen wieder in einer Bar. Cain hat einen Plan.

»Hey Justus, glaubst du, dass du mich noch immer schlagen kannst?« Mit diesen Worten stellte er vor jeden eine Flasche Schnaps.

Justus hatte sich in der Vergangenheit immer einen Spaß daraus gemacht Cain bei Trinkwettbewerben zu schlagen.

Als halbes Kind hatte Cain natürlich nie eine Chance, außerdem fehlte es ihm an Übung.

Kampfgeist glitzert in Justus‹ nebelgrauen Augen.

Cain greift nach der Flasche und grinst. Justus tut es ihm nach.

»Wer zuerst fertig ist.«

Zwei Stunden später verlässt Cain die Bar.

Justus war wieder in der Toilette verschwunden.

Cain hatte natürlich gemogelt. Und als er sicher sein konnte, dass die Luft rein war, schob er sich zur Tür hinaus.

Auf dem Weg zu Luci hofft er inständig, dass Justus wieder auf der Toilette einschlafen wird. Eine schlechte Vorahnungmacht sich trotzdem in ihm breit.

Sämtliche Gedanken an Justus werden von Luci verdrängt, nur sie ist jetzt wichtig.

Sie werden besprechen, wie alles weitergehen soll. Mit langen, hastigen Schritten folgt er den dunklen Straßen der Stadt.

Vielleicht hat sie es sich anders überlegt? Er würde es verstehen, wahrscheinlich wäre es auch das Beste für sie beide. Wie sollte er darauf reagieren? Sie beschimpfen? Sie anflehen? Oder einfach gehen?

Der Gedanke sie zu verlieren verfestigt sich so in seinem Kopf, dass er, als er ankommt, beinahe davon überzeugt ist sie nie wieder zu sehen.

Sie öffnet die Tür, lächelt. Zittrig.

Er nimmt sie in den Arm, drückt sie fest an sich.

Das Kind steht hinter der Mutter und beobachtet die Szene.

Luci bittet ihn ins Wohnzimmer.

Unbehaglich sitzt er da. Was wird sie sagen?

»Und, was denkst du?« In seinem Geist liefern sich Hoffnung und Zweifel einen erbitterten Kampf.

Sie sieht ihm in die Augen. Sie scheint müde zu sein, als hätte sie die ganze Nacht nicht geschlafen. Schuldgefühle machen sich breit.

»Was denkst du?«, fragt sie zurück. »Kann es funktionieren?«

Cain antwortet nicht sofort. Wenn sie wüsste, wie kompliziert es in Wirklichkeit ist.

»Ich meine, eigentlich kennen wir uns gar nicht und durch deine Arbeit bist du so selten da. Meinst du, es reicht trotzdem?«

Cain weiß, wie sie das meint: Denkst du, unsere Liebe ist stark genug, diese Hindernisse zu überwinden?

Er kann es nicht beantworten.

»Wenn wir es nicht versuchen, werden wir es nie erfahren.«

Diese Antwort scheint sie zufriedenzustellen.

Sie kennt nicht die ganze Wahrheit.

Sie kennt nur die Seite von Cain, welche sie erst in ihm erweckt hat.

Würde es trotz allem reichen? Kann es funktionieren?

Cain beantwortet sich diese Frage selbst. Wenn wir es nicht versuchen, werden wir es nie erfahren.

Wieder wandert er durch die Nacht.

Allein.

Und doch nicht einsam.

Sie denkt, er muss wieder arbeiten. Ein sehr zeitintensiver Auftrag. Sie ist auch ohne Details zufriedengestellt.

Wenn er zurückkommt, wird er heiraten.

Drei Wochen.

Luci regelt sämtliche Formalitäten.

Er hat ihr Geld dagelassen, so muss sie sich keinen neuen Job suchen.

Hoffentlich ist er Justus bis zur Hochzeit los. Er muss mit ihm reden. Am besten gleich morgen.

Gedanken an Justus lassen die Unsicherheit wieder präsenter werden.

Was ist nur in ihn gefahren? Vor zwei Wochen wäre eine

Heirat für ihn nie in Frage gekommen. Diese Frau macht ihn wirklich verrückt.

Dennoch ist er momentan glücklicher als in den letzten zehn Jahren zusammen.

Luci bringt zwar sein ganzes Leben durcheinander und er hat durch sie nur Probleme, aber vielleicht schafft sie es seine Seele zu retten.

Vielleicht.

10

»Wie lange muss ich dich noch ertragen?«

Justus grinst.

»Spuck's aus!« Kann dieser lästige Typ nicht einfach seine Frage beantworten?

Manchmal wundert er sich, wie er es in der Vergangenheit so lange mit ihm aushalten konnte.

»Drei Tage. Dann wird eine Entscheidung getroffen.«

Drei Tage klingt gut, aber wie wird die Entscheidung ausfallen? Kann dieser Justus ihm nicht einmal eine klare Antwort geben?

Er will wissen, wie es weitergeht, diese Geheimniskrämerei macht ihn wahnsinnig.

Seine professionelle Seite bringt ihn zur Vernunft. Er weiß, Justus muss die Sache erst mit dem Auftraggeber klären, denn dieser bestimmt, wie es weitergeht. Vorher erfährt Cain gar nichts. Wahrscheinlich weiß Justus selbst nichts Hundertprozentiges.

Geheimniskrämerei gehört eben zum Geschäft.

In halsbrecherischem Tempo rasen sie die Autobahn entlang.

Mit hart antrainierter Geschicklichkeit und Präzision

verfolgt er das Fahrzeug vor ihm. Justus auf dem Beifahrersitz.

Morgen. Morgen wird der Tag sein, an dem sich alles entscheidet.

Der Killer hat wieder gelernt seine Gefühle zu unterdrücken. Seine Liebe zu Luci ist nun tief in seinem Inneren vergraben.

Das Warten auf die Entscheidung lässt ihn völlig kalt. Er ist Profi. Ihm wird zu jeder Situation etwas Passendes einfallen.

»Wie sieht es eigentlich bei dir mit den Frauen aus?«

»Was soll mit ihnen sein?« Kalt. Und doch spürt er es, eine kleine Regung seiner Menschlichkeit. Auf dem Standstreifen fahrend überholt er einen LKW.

»Du bist irgendwie anders. Sentimental?«

»Wie kommst du denn auf so einen Blödsinn?« Seine Rüstung bekommt einen Kratzer.

Hat er sich schon verraten? Er muss sich zusammenreißen!

Gekonnt schlängelt er sich an den andern Fahrzeugen vorbei.

»Ich kenne dich sehr gut, das weißt du. Sie ist der Grund dafür, dass ich wieder bei dir bin. Nicht wahr?«

»Wie kann eine einzelne Person nur auf so viel

Bockmist kommen? Ich hatte halt mal ne Flaute.«

Hat er zu heftig reagiert? Auf jeden Fall ist sein Verhalten hart an der Grenze.

Nun ist er mit dem verfolgten Auto gleichauf.

Justus sagt nichts mehr, nur dieses verdammte Grinsen hängt noch an seinen Lippen.

Nervosität steigt auf, er hat große Mühe sie niederzukämpfen.

Alles was er sich in den vergangenen zehn Jahren aufgebaut hat, ist in kurzer Zeit von dieser Frau heftig erschüttert worden. Seine Wachsamkeit, seine Konzentration, seine Berechnung, seine Kaltblütigkeit.

Er muss es irgendwie schaffen, sie wie in der ersten Nacht zu lieben und doch in üblicher Perfektion seinen Job zu erledigen.

Er rammt das Fahrzeug, so, dass es ins Schleudern kommt und sich mehrfach überschlägt.

Er hat in seinem Leben schon viel gelernt, der größere Teil davon war mit sehr harter Arbeit verbunden. Es muss ihm möglich sein, auch diese Hürde zu meistern.

Er weiß, er kann es!

Auf dem Standstreifen bringt er den Firmenwagen zum Stehen.

Er und Justus steigen aus. Sie gehen auf das qualmende

und zerbeulte Wrack zu.

Morgen. Morgen ist es soweit!

»Los! Red' schon!« Der zweite Auftrag an diesem Tag.

»Ich hab keine Ahnung, was ihr von mir wollt.« Eine glatte Lüge.

Das Opfer am Vormittag hatte noch lebend im Auto gesessen, doch das Fahrzeug begann zu brennen. Als die Schreie verstummten, waren die Killer schon nicht mehr da.

Die Fesseln schneiden in das Fleisch des Opfers. Cain, mit einem Messer in der Hand steht vor ihm. Justus beobachtet.

Cain legt eine Hand auf die Stuhllehne, beugt sich zum Opfer hinab. Lächelt.

»Du weißt genau, was wir wollen.« Sein Blick bohrt sich in die Augen des Opfers.

»Aaahhhh!« Blut tropft auf das Hemd des Gefesselten. Aus einem Schnitt von der Schläfe bis zum Kinn.

»Hey, pass‹ auf den Boden auf. Wir sind hier in einem Hotel.«

»Was denkst du, wozu Plastiktüten unter seinem Stuhl liegen?« Hoffentlich ist dies seine letzte Nacht mit Justus. In ein paar Stunden ist alles entschieden.

Sein Blick hat das verängstigte Opfer nicht losgelassen.

Der Mann öffnet die zusammengekniffenen Augen.

»Aaahhhh!« Ein Schnitt in den Oberschenkel. Ein Schlag ins Gesicht. Die Klinge langsam in das Fleisch bohren. Immer weiter, immer mehr. Bis.

»Ich sag's ja! Bitte, lassen Sie mich leben.«

Na also.

Zehn Minuten später. Alle Informationen herausgepresst. Das Opfer erschöpft. Erleichtert. Hoffend. Auf Freiheit.

Cain nähert sich ihm. Starrt den Gefesselten an. Leert seinen Geist. Verschließt seine Seele.

»Nein! Bitte! Ich hab Ihnen doch alles gesagt.« Aus diesem Grund ist nun Zeit für ihn zu sterben, er ist nicht mehr wichtig. Er greift zum Messer.

»Bitte! Lasst mich gehen. Ich werde bald Vater, meine Frau ist schwanger. Was soll ohne mich aus ihr werden? Wir sind frisch verheiratet. Bitte!« Cain zögert. Mitleid?

Abschalten! Alle Gefühle abschalten! Das ist jetzt nicht Lucis Zeit. Er muss es schaffen. Killer und Luci, es muss funktionieren!

Tod.

Aber gezögert.

Wie lange wird es dauern bis er es ohne Probleme schafft?

Doch der erste Schritt ist getan.

Was ist mit Justus, hat er seine Zerrissenheit bemerkt? Er steht vom Sofa auf. Ein prüfender Blick. Kommt näher.

»Lass uns aufräumen und dann was trinken gehen. Vielleicht war das unser letzter gemeinsamer Auftrag.«

Er hat nichts bemerkt.

Hoffentlich kann er in vierundzwanzig Stunden genauso erleichtert sein wie in diesem Augenblick.

11

Nur noch eine Woche.

Sie reicht Mila die Buntstifte.

Umso näher die Hochzeit rückt, desto unsicherer wird sie.

Traf sie die richtige Entscheidung?

Eigentlich ist Cain ihr völlig fremd, aber etwas an ihm berührt sie. Ist es die Ernsthaftigkeit? Der Stolz, den er ausstrahlt? Wahrscheinlich eher sein mitleiderregender Blick, voller Schmerz und Traurigkeit. Etwas an diesem Blick erinnert sie an Milas Vater. In mancher Hinsicht ist er Cain ähnlich gewesen.

Sie versucht, die Gedanken an die Vergangenheit abzuschütteln. Sie sollte in die Zukunft blicken.

Zuversicht ergreift sie. Mit Cain wird sie sicherlich glücklich. Immer wenn sie an ihn denkt, wie sie ihn getroffen hatte, wie er ihr den Heiratsantrag gemacht hat, immer huscht ihr ein Lächeln über die Lippen.

»Mama.« Mila schiebt Luci das eben gemalte Bild entgegen. Erwartungsvoll schaut sie ihre Mutter an.

»Sehr schön. Du hast wirklich großes Talent.« Luci sieht das Bild kurz an, welches einen waagerechten und einem senkrechten schwarzen Streifen zeigt.

»Lass uns nach dem Essen sehen, es ist sicher schon fertig.« Langsam folgt Mila ihr in die Küche.

Frei.

Justus sagte, er sollte ihm dankbar sein. Was er damit meinte, verschwieg er. Ob er einen Funken Menschlichkeit gezeigt und ein gutes Wort für Cain eingelegt hatte?

Wer weiß? Hauptsache er ist diesen lästigen Typ los.

Jetzt kann er sich voll darauf konzentrieren sein neues Leben zu regeln.

Innerhalb der dicken Mauern ist es kühl.

Luci wollte unbedingt in einer Kirche heiraten. Ihm war es egal. Solange sie überhaupt heiraten.

»Ja, ich will.« Drei kleine Worte. So große Bedeutung.

Jetzt gibt es kein Zurück mehr.

Er blickt in ihre Augen. Sie in seine. Zuversicht breitet sich in Cain aus. Auch Luci scheint glücklich zu sein.

Mila, eine der wenigen Anwesenden. Beobachtet.

Mutter und Killer.

Und es gibt noch jemanden. Auch er beobachtet. Keiner bemerkt ihn. Er will nicht bemerkt werden.

Der alles besiegelnde Kuss.

Ein neues Leben.

12

Dieses verfluchte Gör! Cain schäumt vor Wut.

Er schlägt sie mit der flachen Hand ins Gesicht. Mila fällt in den zertrampelten Schnee des Bürgersteiges.

Sie vergießt keine Träne.

»Was erlauben sie sich, einfach ein kleines Kind zu schlagen?« Eine fremde Frau.

Er hasst diese alten Weiber, die sich ständig in Sachen einmischen, die sie nichts angehen.

Und er hasst dieses Gör, es ist das Einzige, was ihn an seiner Luci stört.

Ohne ein Wort geht er weiter.

Die fremde Frau starrt hundertprozentig auf seinen Rücken. Ihr scheinen die Worte zu fehlen. Mila sitzt noch immer im Schneematsch.

Er weiß, auch sie starrt auf seinen Rücken. Hasserfüllt. Es erfüllt ihn mit Genugtuung.

Er hört, wie die Frau sich ächzend bückt, Mila aufhebt und auf sie einredet.

»Komm mit, du kannst heute Nacht bei mir schlafen und morgen gehen wir zwei zum Jugendamt. Kinder zu schlagen, das kann ich nun wirklich nicht zulassen.«

Cain dreht sich um. Die Alte fasst Mila an der Hand.

Doch sie kann kaum einen Schritt tun und das Mädchen tritt ihr mit äußerster Geschicklichkeit gegen die Kniescheibe und läuft in die Nacht davon.

Cain beobachtet sie weiter verstohlen.

Die fremde Frau sitzt auf dem Bürgersteig und hält sich das Bein. Von Mila ist keine Spur zu sehen.

Eins muss er ihr lassen, bei den auf ihn angesetzten Spionage- und Verfolgungsaktionen wird sie immer geschickter und einfallsreicher.

Doch diese leise Bewunderung ärgert ihn nur noch mehr.

Er ärgert sich über sich selbst, dass er sie erst jetzt bemerkt hat.

Er ärgert sich über Mila, weil sie ihm schon wieder gefolgt ist.

Er ärgert sich über die Frechheit dieser Frau, sich einzumischen.

Er ärgert sich sogar über Luci, dass sie vor acht Jahren auf die blöde Idee gekommen ist, ein Kind zu bekommen. Noch dazu ein so lästiges Kind.

Und er ärgert sich, dieses lästige Kind auch noch für seine Geschicklichkeit zu bewundern.

Heute hätte nichts passieren können, er ist nur mit der Bahn ins Zentrum gefahren um etwas trinken zu gehen.

Doch vor etwa drei Wochen hatte sie es irgendwie geschafft in seinen Dienstwagen zu schleichen und er hatte sie erst auf der Autobahn bemerkt. An dem Tag war er zu einem Auftrag unterwegs gewesen, hätte sie ihn beobachtet, hätte er sie eliminieren müssen.

Es wäre ihm ein regelrechtes Vergnügen, aber er weiß wie sehr Luci an diesem Balg hängt.

Würde Mila sterben, wäre Luci nicht mehr dieselbe. Sie wäre nicht mehr die Luci, die er so begehrt.

Wo ist sie nur schon wieder hin?

Luci geht durch alle Zimmer des großen Hauses.

Alles leer, alles still.

Auch aus dem Garten erhält sie keine Antwort auf ihr rufen.

Mila hat es sich zur Angewohnheit gemacht immer öfter, ohne ein Wort zu verschwinden. Wäre sie älter, würde Luci sich nicht so große Sorgen machen. Aber mit acht Jahren ...

Sie hat überall gesucht. Aus Erfahrung weiß sie, dass Mila früher oder später wieder zurückkommen wird.

Sie nimmt sich ein Glas und eine Flasche Wein. Nachdem sie sich eingeschenkt hat, setzt sie sich auf die Couchlandschaft.

Drei Jahre ist sie nun mit Cain verheiratet.

Nach der Hochzeit hat sich ihr Leben mit einem Schlag verändert.

Sie ist sich nicht sicher, was Cain genau arbeitet, auf jeden Fall verdient er damit sehr viel Geld. Gleich nach den Flitterwochen hat er dieses Haus für sie gekauft. Was sicher nicht billig war, denn es ist riesig, von der Außenfläche ganz zu Schweigen.

Cain war nach dem Hauskauf schon wieder auf Arbeit, aber er hatte Luci jede Menge Bargeld und Kreditkarten dagelassen – damit sie das Haus schön einrichten kann.

Luci richtete es schön ein und wie Cain ihr gesagt hatte, verbrauchte sie auch den größten Teil des Geldes.

Das ganze dauerte ungefähr ein Jahr, dann war das Haus perfekt und Luci hatte es gutgetan nicht immer auf das Geld achten zu müssen.

Auch die Zeit danach tat ihr gut. Sie ging verschiedenen Freizeitbeschäftigungen nach und unternahm viel mit Mila.

Der Gärtner kümmerte sich um den Garten. Die Haushälterin kümmerte sich um den Haushalt. Und Luci konnte sich entspannen.

So ist es bis heute. Und mit der Zeit fühlt sie sich immer überflüssiger.

Sie ist froh, dass Cain nicht noch ein Kindermädchen

eingestellt hat.

Aber sie kann es ihm nicht übel nehmen. Sie weiß genau, er will nur ihr Bestes.

Nur leider ist das alles zu viel des Guten. Sie ist zwar froh, wenn sie nicht jeden Euro dreimal umdrehen muss, aber so viel Luxus braucht sie nicht.

Eigentlich möchte Luci nur mit Cain zusammen sein. Würde es nach ihr gehen, wäre er nicht so viel auf Arbeit.

Außerdem wünscht sie sich, er und Mila würden sich besser vertragen, doch in diesem Punkt gibt sie langsam die Hoffnung auf.

Sie hört die Haustür. Schnell steht sie auf und geht in den Flur. Am oberen Ende der Treppe sieht sie noch Mila um die Ecke huschen. So verhält sie sich in letzter Zeit oft.

Irgendetwas stimmt da nicht, denkt sie sich. Sie geht nach oben und klopft an Milas Zimmertür.

Keine Reaktion. Sie drückt vorsichtig die Klinke.

Abgeschlossen.

»Mila?«

Stille.

Betrübt lehnt sie sich mit dem Rücken an die Tür.

Was macht sie nur falsch in ihrem Leben?

13

»Kannst du nicht mal mit ihr reden?«

»Ich nehme an, das würde es nicht besser machen. Du weißt doch, dass sie mich nicht mag.«

»Ja, ich weiß, aber ich denke immer, ein Vater würde ihr guttun. Ein Vater, der hart durchgreift und mit ihr schimpft. Meinst du nicht auch?«

»Luci, du kennst mich doch. Ich habe keine Ahnung von Kindern. Aber ich könnte ein Kindermädchen einstellen.«

»Nein, ich schaff das schon allein mit Mila. Wann musst du eigentlich wieder auf Arbeit?«

»Morgen Früh fahr ich los.«

»Aber du bist doch gestern erst nach Hause gekommen und an dem Abend warst du in der Stadt.«

»Ich weiß. Pass auf, ich hole jetzt eine Flasche Wein und dann machen wir uns einen schönen Abend, in Ordnung?«

»In Ordnung.«

Jetzt fällt sie schon wieder auf ihn rein!

Mila entfernt sich, ohne ein Geräusch zu machen, von der Tür und versteckt sich im Kleiderschrank. Penibel achtet sie darauf, die Schranktür vollständig zu schließen. Sie kennt Cain, ihm würde ein winziger Hinweis reichen, um sie zu entdecken.

Ihre Vorsichtsmaßnahme ist erfolgreich. Durch das Schlüsselloch beobachtet sie, wie er im Keller verschwindet und dann mit einer Flasche Rotwein wieder zurück in das Wohnzimmer geht. Er scheint nicht den geringsten Verdacht zu schöpfen. Wenn doch, dann lässt er sich nichts anmerken.

Mila verlässt den Schrank und lauscht noch einmal an der Wohnzimmertür.

Sie hat schon oft genug gelauscht um zu wissen, wie der Abend enden wird. Die beiden werden miteinander Sex haben.

Das will sie nicht noch einmal sehen.

Vor Ekel und Wut verzieht sie das Gesicht und schleicht sich lautlos nach oben in ihr Zimmer.

»Ich liebe dich.« Luci drückt ihm einen Kuss auf die Lippen. Er nimmt ihn an und steigt wortlos in sein Auto.

Er besitzt, was er begehrt hat. Und er kann es nicht genießen.

Wie am ersten Tag, denkt er ständig an Luci. Fährt er nach einem Auftrag zu ihr, kann er es kaum erwarten, sie zu sehen. Das Verlangen nach ihr ist unendlich.

Kommt er an und nimmt sie in die Arme, fühlt er sich unwohl und sucht die Einsamkeit.

Er weiß, dass es an seiner Arbeit liegt. Arbeitet er ein paar Wochen nicht, dann wird es besser.

Doch wie soll er es ändern? Jeder Mitarbeiter ist im Grunde Eigentum der Firma.

Und die Chance, diese Firma lebend zu verlassen, ist gleich Null.

Er muss eine andere Lösung finden. Er muss. Um seinen teuren Besitz endlich richtig auskosten zu können.

Angekommen.

Umschalten.

Von privat auf Killer.

Die Waffe aus dem Handschuhfach nehmen und einstecken. Er wollte sie schon längst woanders unterbringen, wegen Mila.

Umschalten!

Der Killer steigt aus.

Ein Kino.

Er geht hinein.

Die Waffe nimmt er nur als routinemäßige Vorsichtsmaßnahme mit.

Er geht zur Kasse. Bestellt eine Karte. Kino drei, Reihe sieben, Platz fünf.

Verwunderte Kassiererin. Ja, er will genau diesen Platz, keinen anderen.

Die Firma hat ihn bewusst ausgesucht. Schlechte Sicht – schlechter Film – freie Platzwahl.

Er geht in den Kinosaal. Zu besagtem Sitz.

Unter dem Polster – ein Briefumschlag. Der neue Auftrag.

Ein Politiker soll getötet werden. Ganz in der Nähe. In einem Kaufhaus. Bei einer seiner Reden.

Der Killer soll von den anwesenden Menschen gesehen werden und dann erst verschwinden.

Es absolut soll klar sein, dass es ein Mord war.

Oft soll es wie ein Unfall oder ein Raubüberfall aussehen. Diesmal nicht.

Es ist sein erster Auftrag dieser Art. Die jüngeren Auftragskiller werden nicht für offene Morde genutzt, sonst liegt die Aufmerksamkeit der Öffentlichkeit weniger bei dem Mord, sondern mehr bei der Tatsache, dass ein halbes Kind den Mord ausgeführt hat.

Cain scheint nun das richtige Alter für einen solchen Auftrag zu haben.

Außerdem muss sein Ansehen bei der Firma wieder gestiegen sein. Solche wichtigen und schwierigen Aufträge bekommen nur die Besten.

14

Rauchen.

Trinken.

Gefühle ausschalten.

Es ist zwölf Uhr Mittag.

Das zweite Bier. Der dritte Schnaps.

Drei Stunden bis zur Rede des Ministers.

Drei Stunden bis zum Abschluss des Auftrages.

Warten.

Wie immer.

»Hey du! Das is mein Platz, da wo du sitzt.«

Ein ungepflegter Typ steht neben ihm.

»Hast du gehört? Ich sitz da jeden Tag. Conny, sag es ihm, dass ich da jeden Tag sitz!«

Frau hinter der Bar verdreht Augen.

Ruhig bleiben.

Noch ist es zu früh zum Töten.

Trotzdem.

Der Griff zur Waffe.

Automatisch.

»Der Typ scheint taub zu sein. Conny, ich sitz heut hier drüben. Haste gehört? Nich, dass du mein Bier dem Typ da hinstellst! Hörste Conny?«

Glück gehabt.

Er weiß, willkürliches Töten ist nicht erlaubt.

Aber kurz vor einem Auftrag ist es schwer zu unterdrücken.

Wenn seine Luci das wissen würde ...

Stopp! Privat.

Er sollte die Bar verlassen und sich in der Nähe des Einkaufszentrums nach möglichen Fluchtwegen und Verstecken umsehen. Er würde auch spontan etwas finden, doch das Warten bringt ihn zum Nachdenken.

Also steht er auf, legt viel zu viel Geld auf die Bar und geht hinaus.

Neue Zigaretten braucht er noch.

Unterwegs findet er sicher einen Laden.

Die Bewegung tut gut.

Zum Training muss er morgen auch. Er hat es in letzter Zeit sowieso vernachlässigt. War nur fünf statt sieben Mal in der Woche.

Seit er Luci kennt, ist der Rhythmus seines Lebens durcheinandergeraten.

Er findet nur schlecht einen Neuen.

Wieder Luci! Er hat es schon besser geschafft sie aus seinen Gedanken heraus zu halten.

Was ist nur los?

Die Zeit ist um.

Endlich.

Für den Minister steht im Erdgeschoss ein Podest bereit.

Der Killer sitzt in einem Café gegenüber.

Und wartet. Aber nicht lange.

Der Politiker betritt seine letzte Bühne und beginnt mit der Rede. Es dauert nicht lange, bis sich eine große Menschenmenge um ihn bildet.

Die Zeit für den Killer ist gekommen.

Er steht auf. Bewegt sich auf die Menge zu. Bleibt inmitten der Menschen stehen. Zieht die Pistole.

Richtet sie sorgfältig auf den Kopf des Ministers. Vernimmt schon den ersten Schrei einer hinter ihm stehenden Frau.

Und schießt.

Volltreffer.

Noch mehr Schreie. Noch mehr Schaulustige.

Er wartet kurz.

»Haltet ihn fest!«

Die Menge beginnt, sich aus ihrer Starre zu lösen. Zeit zu verschwinden.

Auf die Menschen zielend bahnt er sich seinen Weg zum Ausgang.

Endlich draußen.

Die Straße entlanglaufen. In einen Hinterhof. Über einen Zaun. Durch Gärten. Die Waffe einstecken. Auf eine andere Straße. Unauffällig weitergehen.

Geschafft.

Er wartet auf die Straßenbahn. Jetzt erst sind die Sirenen der Polizei zu hören. Sie werden ihn sowieso nicht erwischen. Es wurden nicht einmal Fotos von ihm gemacht.

15

Es macht ihn traurig, zu sehen, wozu er ihn gemacht hat.

Cain ist wirklich einer der Besten.

Auch die Firma weiß das jetzt. Außer, dieser Auftrag war nur ein Test. Wenn es so sein sollte, dann hat Cain ihn ausgezeichnet bestanden.

Er musste sich gut verkleiden, um von ihm nicht erkannt zu werden.

Auch wenn seine Augen starr wie die eines Toten wirkten, hat er doch alles im Blick gehabt.

Bis auf zwei Person.

Den Verkleideten selbst und sic.

Sie hatte einfach nur Glück mit ihrem Versteck und er versteht es hervorragend, nicht erkannt zu werden.

Trotzdem, Cain ist einer der Besten.

»Wo ist Luci?«

»Geht dich nichts an.«

Hasserfüllte Blicke treffen aufeinander.

Stille.

Die Blicke scheinen das einzige existierende im ganzen Haus zu sein.

Wie zwei Raubtiere kurz vor dem Angriff umkreisen sie einander.

Die Blicke nicht voneinander abwendend.

Mila gelangt zur Treppe. Als wäre dies ein Zeichen, löst sich die Spannung etwas.

Sie setzt den Fuß auf die erste Stufe. Er legt die Hand auf die Klinke der Wohnzimmertür.

Sie setzt den anderen Fuß auf die zweite Stufe. Er öffnet die Tür.

Dieses verdammte Kind. Cain durchquert zügig das Wohnzimmer, bis er zur Bar gelangt.

Nur noch eine angefangene Flasche Schnaps. Diese Haushälterin sollte ihre Arbeit sorgfältiger erledigen.

Er macht es sich auf der Couch bequem und trinkt gleich aus der Flasche.

Wo ist sie nur?

Er hatte ihr gesagt, wann er von der Arbeit wiederkommt. Sonst wartet sie schon immer auf ihn. Warum heute nicht?

Wieder dieser Mann. Mila steht auf ihrem Bett und sieht aus dem Fenster. Nicht weit vom Haus entfernt ist ein Gebüsch, hinter dem man sich gut verstecken kann.

Sie hat es schon ausprobiert. Steht jemand dahinter,

dann ist er nur von Milas Zimmer und vom Dachboden aus zu sehen.

Und wenn Mila von ihrem Bett aus nach draußen sieht, dann ist sie selbst durch die Spiegelung im Fenster nicht zu erkennen.

Perfekt.

Perfekt, um das Haus zu beobachten. Perfekt, um das Versteck zu beobachten. Und diesen Mann hat Mila schon oft beobachten können.

Sie hat ihn beobachtet, wie er das Haus beobachtet.

Der Schnaps ist leer.

Die Gefühle sind betäubt.

Sie ist immer noch nicht da.

Voller Wut und Sorge bewegt er sich von einem Ende des Wohnzimmers zum anderen.

Er kann nichts tun als zu warten. Er hat keine Anhaltspunkte sie zu suchen.

Er spürt das Bedürfnis, etwas zu unternehmen. Deshalb geht er in den Sportraum, um zu trainieren. Der Boxsack erscheint ihm heute am passendsten.

Nach zwei Stunden geht er wieder nach oben.

Sie ist immer noch nicht da.

Also geht er heiß duschen. Dann wartet er weiter.

Im Keller muss doch auch noch etwas zu trinken sein. Er geht nach unten.

Wein.

Besser als nichts. Mit zwei Flaschen geht er in das Wohnzimmer zurück und setzt sich wieder auf die Couch.

Und wartet.

Warum kommt sie nicht nach Hause?

Die zwei Flaschen Wein später schläft er ein.

»Wo ist Luci?«

»Kannst du nicht wenigstens anklopfen?« Mila sitzt angezogen auf ihrem Bett und versucht ein kleines Notizbuch vor seinen Blicken zu verstecken.

»Hat sie zu dir etwas gesagt? Ob sie weg will, ob sie Besuch erwartet, irgendetwas?«

Mila runzelt die Stirn. Langsam scheint auch sie sich Gedanken um den Verbleib ihrer Mutter zu machen.

»Ich habe sie gestern nach dem Mittagessen das letzte Mal gesehen. Sie hatte sich angezogen, nahm ihre Handtasche und verließ das Haus. Wohin sie wollte, habe ich sie nicht gefragt.«

Na super! Da könnte dieses Kind einmal zu etwas nützlich sein ...

Wortlos verlässt er das Zimmer. Ihr Schimpfen über die

offengelassene Tür missachtet er.

Sollte Luci etwas in der Stadt zugestoßen sein?

Wo wollte sie eigentlich hin?

Sämtliche Besorgungen erledigt die Haushälterin. Wollte sie einen Einkaufsbummel machen? Oder den Tag am Flussufer verbringen?

Diese Vermutungen führen zu nichts, er muss irgendetwas tun.

Ohne Mila etwas zu sagen, nimmt er seine Jacke und verlässt das Haus.

Vielleicht bekommt er durch Peter etwas heraus.

Peter ist ein erstklassiger Hacker im Dienst der Firma.

Sollte Luci irgendwo Geld abgehoben haben, in ein Krankenhaus eingewiesen worden sein oder irgendetwas in dieser Art, Peter würde es heraus bekommen.

16

Am späten Abend betritt Cain sein Haus.

Die Versuche des Hackers waren alle ohne Erfolg. Er ist niedergeschlagen, aber er wird nicht aufgeben, er wird Luci wiederfinden!

Er will gerade nach der Klinke der Wohnzimmertür greifen, als sie von innen heruntergedrückt wird.

Mila kommt heraus. Sie sieht ihn mürrisch an und sagt im Vorbeigehen: »Sie ist wieder da. Irgendwie.«

Cain runzelt die Stirn. »Was soll das heißen? Irgendwie.«

Doch Mila ist schon am oberen Ende der Treppe verschwunden.

Unsicher was ihn erwartet, betritt er das Wohnzimmer.

Sie ist tatsächlich wieder da. Und nun versteht er auch, was Mila mit ›irgendwie‹ gemeint hat.

Luci sitzt auf der Couch. Ihre Haare sind zerzaust. Ihre Kleider verdreckt.

Etwas Ähnliches scheint auch mit ihrem Blick geschehen zu sein. Er ist gebrochen, ohne alle Fröhlichkeit, ohne Lucis Reinheit. Ihre sonst strahlenden Augen sind stumpf und leer. Kaum wiederzuerkennen.

Mit zwei Schritten ist er bei ihr. Er hält sie fest an den

Schultern. Noch immer starrt sie in den Raum.

»Was ist passiert? Wer war das?«

Endlich reagiert sie. Langsam dreht sie den Kopf in seine Richtung.

Sie hebt den Blick und sieht mit ihren matten Augen an.

»Hallo, Schatz.« Ihre Stimme ist gefühlsleer.

Sie gibt ihm einen zaghaften Kuss auf die Wange und steht auf. Mit steifen Bewegungen durchquert sie den Raum und verschwindet im Flur.

Cain weiß nicht was er sagen soll.

Ihr muss etwas Schreckliches zugestoßen sein. Aber was?

Sie lässt ihn seit Tagen nicht mehr los, diese unbändige Wut.

Als Luci, an dem Tag an dem sie zurückgekommen ist, das Wohnzimmer verlassen hatte, ist sie direkt nach oben ins Schlafzimmer gegangen.

So wie sie gewesen war, ungewaschen und mit verschmutzter Kleidung, hatte sie sich ins Bett gelegt und ist eingeschlafen.

Auch der nächste Morgen hatte keine Besserung gebracht. Luci ist einfach im Bett liegen geblieben und hat an die Decke gestarrt.

Cain hatte dann der Haushälterin aufgetragen, Luci zu waschen und ihr etwas Ordentliches anzuziehen.

Er selbst hatte versucht, ihr etwas Suppe einzuflößen. Er hatte auf sie eingeredet, sie geküsst und Rache geschworen.

Er hat sich sogar Urlaub genommen. Ebenso hat er eine Pflegerin eingestellt, welche für Lucis körperliche Bedürfnisse zuständig sein soll.

Und trotzdem muss er zusehen, wie sie Tag für Tag schwächer wird, ohne dass er etwas dagegen tun kann.

Sitzt er nicht an ihrem Bett, zieht er durch Kneipen. Raucht. Trinkt. Oder er ist in seinem Trainingsraum.

Zäh ziehen sich die Tage dahin.

Fünf Wochen sind schon seit Lucis Verschwinden vergangen.

Cain hat während dieser Zeit nicht einen Auftrag angenommen. Sicherlich wird man in der Firma langsam stutzig.

Aber ihn stört es nicht. Wenn sie stürbe, dann würde er gern mit ihr gehen.

Scheinbar grundlos wacht er mitten in der Nacht auf. Wie so oft ist er an ihrem Krankenbett eingeschlafen. Langsam hebt er den Kopf. Gleichzeitig greift er nach ihrer ausgemergelten Hand.

Er sieht in ihr Gesicht und ein leises Keuchen entfährt ungewollt seinen Lippen. Luci schläft nicht. Sie starrt auch nicht wie die vergangenen Wochen an die Decke.

Ihre braunen, leuchtenden, unschuldigen Augen sind auf den Sternenhimmel auf der anderen Seite des Fensters gerichtet.

»Luci?« Er flüstert es nur. Aus Angst, die Lebendigkeit in ihren Augen wieder zu verlieren.

»Warum?«

Er runzelt die Stirn. Sie dreht ihren Kopf zu ihm. Blickt tief in seine Augen.

»Warum hast du das getan?« Sie schaut wieder zum Fenster heraus.

»Was getan? Luci!«

Doch sie schließt nur ihre Augen. Für immer.

19

»Was machst du nur wieder?«

Cain kippt seinen Whisky mit einem Zug hinunter.

»War dir deine Flaute vor ein paar Jahren nicht Lehre genug?«

Cain verdreht genervt die Augen.

»Oder legst du es darauf an, dass ich dich wieder unter meine Fittiche nehme?« Ein breites Grinsen ziert Justus' Gesicht.

»Halt deine Schnauze!« Cain schreit fast.

Ein paar andere Besucher der Bar drehen sich nach ihnen um.

Cain wird immer unruhiger. Sein Bein zappelt auf und ab.

Justus beobachtet ihn.

Unaufhörlich.

Drei Jahre sind seit Lucis Tod vergangen.

Drei Jahre lang hat Cain jeden angebotenen Auftrag angenommen.

Drei Jahre lang hatte er keinen freien Tag gehabt.

Vor drei Jahren war er einfach aufgestanden und gegangen.

Er hatte sich nicht einmal die Mühe gemacht das Haus

zu verkaufen.

Ebenso hatte er keinen Gedanken an Mila verschwendet.

Er war einfach gegangen. Wie Luci.

In den drei Jahren hat er nur funktioniert.

Mit offenen Augen und doch blind ließ er die Zeit an sich vorüberziehen.

Aber Luci hat ihn nicht losgelassen. In seinen Träumen erschien ihm immer nur Luci und auch am Tag konnte er sie nicht aus seinen Gedanken verbannen.

Sie war immer da. Auch wenn er arbeitete.

Eigentlich versuchte er nicht einmal, sie zu vertreiben.

Sie war einfach da.

Für ihn ist es unbedeutend geworden, ob er seine Arbeit gut macht oder auch nicht.

Wenn er tötet, fühlt er sich Luci umso näher. Würde er selbst sterben, dann würde er es begrüßen. Doch es hatte sich bisher nicht ergeben.

Also macht er weiter.

Lebendig und tot zugleich.

Hält er seinen Schmerz nicht mehr aus, greift er zu seinem ihm jahrelang treuen Wegbegleiter. Alkohol.

Mit ihm kommt er zu ein paar Stunden traumlosen und

einigermaßen erholsamen Schlaf und kann am nächsten Tag wieder von vorn anfangen.

Er arbeitet vor sich hin, denkt an sie und geht wie in Trance einfach geradeaus.

»Was machst du denn schon wieder hier? Kannst du nicht mal vorher anrufen?« Trotz der Wut, die sich in ihm breitmacht, tritt er zur Seite und lässt Justus in sein Hotelzimmer.

Nachdem sich beide Whisky eingeschenkt haben, machen sie es sich auf den schwarzen Ledersesseln bequem.

»Und, wie geht es dir?«

»Spuck aus, was du willst und hau wieder ab!«

Justus schlägt die Augen nieder und schweigt.

Cain wird aufmerksamer. Etwas stimmt nicht.

»Ich wollte mit dir reden.«

Cain runzelt die Stirn.

»Also. Ich habe wieder einen Schüler.«

»Und was ist daran jetzt so wichtig?«

»Genaugenommen ist es eine Schülerin.«

»Jetzt red' schon, verdammt!«

»Du kennst sie.«

Damit hat er nicht gerechnet. Jedoch hat er keine Idee, von wem Justus reden könnte.

»Sie hat neulich erst angefangen. Eigentlich wollte ich sie gar nicht. Ist gerade erst zwölf geworden. Zwei Jahre jünger als du damals, weißt du noch?«

»Wirst du jetzt melancholisch? Was soll das denn?«

Die Verwirrung breitet sich unaufhaltsam in seinem Kopf aus. Er kann keinen klaren Gedanken fassen.

In den ganzen Jahren, die er Justus kennt, hat er sich niemals so verhalten. Hat nie Gefühle gezeigt. Nie so um den heißen Brei herum geredet. Sie haben nie ein solches Gespräch geführt.

Und doch sitzt Justus vor ihm und beginnt von der Vergangenheit zu erzählen wie eine alte Hausfrau.

Auch in seinem Blick und seinem allgemeinen Gebaren hat sich etwas verändert. Ist es Schwäche? Antriebslosigkeit? Selbstaufgabe?

»Sie ...«

Er kann es nicht glauben, aber in Justus' Stimme, Mimik und Gestik sind eindeutig Trauer, Resignation und Frustration zu erkennen.

Mit etwas wie versteckter Hilflosigkeit sieht er ihn an.

»Sie ist meine Tochter.«

Schweigen.

»Du ... Seit wann hast du eine Tochter?«

Justus öffnet den Mund zu einer Antwort.

»Moment mal. Du sagtest, ich würde sie kennen.«

»Ich habe mich damals auf der Toilette schlafend gestellt ... Luci war wirklich eine wunderbare Frau, aber als sie deinen Mord an dem Minister beobachtet hat, hat sie es einfach nicht verkraftet. Sie war viel zu gut für dieses dreckige, unbarmherzige Leben.«

Er hört, was Justus sagt, aber sein Gehirn scheint sich diesen Informationen zu widersetzen. Keinen Muskel ist er im Stande zu rühren.

»Ich liebe Luci bis heute, doch ich konnte sie nicht in diese ganze Verderbtheit mit hineinziehen. Ich konnte es einfach nicht. Aber du! Du verdammter Egoist, du hast sie beschmutzt. Bis sie in diesem Schmutz erstickt ist.«

Hass erfüllt Justus' Augen.

Voller Wut springt er auf und blickt auf Cain hinab.

Cain sieht zu ihm hinauf. Perplex.

Er spürt, wie sich sein Lippen langsam teilen.

»Das heißt ... Das heißt ... du warst mit Luci zusammen? Du warst es, der sie unglücklich gemacht hat? Du warst es, der ihr dieses verdammte Gör angehängt hat?«

Wie eine Explosion breitet sich Verstehen in seinem Kopf aus.

»Mila. Du bist ... Sie ist ... Das ist deine neue

Schülerin?«

Ein diabolisches Lächeln verzieht Justus' Gesicht. Seine Augen bewegen sich ein klein wenig.

Blitzschnell dreht Cain sich um.

Mila.

Sie ist gewachsen.

Ganz offensichtlich trägt sie ein Schulterholster mit Waffe.

Herablassend und mit unterdrückter Wut blickt sie ihm entgegen.

Cains Blick huscht zu Justus. Er hat sich weggedreht.

Er sieht wieder zu Mila. Er weiß, was gleich passieren wird. Er entspannt sich. Sechzehn Jahre hat sein Kampf gedauert.

Vor sechzehn Jahren hat er Justus beim Mord an seinen Eltern beobachtet.

Vor sechzehn Jahren wollte er Justus töten, um seine Eltern zu rächen.

Seit sechzehn Jahren arbeitet er für die Firma.

»Ich habe dich damals beobachtet.« Sie unterdrückt mit Mühe ihre Wut.

»Ich habe dich beobachtet, wie du diesen Typ erschossen hast.«

Cain erinnert sich an die Bewegung am Fenster. Er

wusste es. Unterbewusst.

»Meine Mutter war total verknallt in dich, sie hat mir nichts geglaubt. Genaugenommen hat sie mir nicht einmal zugehört.

Du hast dich bei uns eingeschlichen und sie immer unglücklicher gemacht.

Nachdem sie gestorben war, kam irgendwann das Jugendamt, um mich in ein Heim zu stecken.

Aber ich bin abgehauen um Justus zu suchen.

Du hast ihn nie bemerkt, wie er unser Haus beobachtet hat, aber ich schon. Denn ich bin schlauer als ihr alle.«

In ihren Augen glitzert etwas Psychotisches auf.

Cain schaut noch einmal kurz zu Justus. Er kehrt der Szenerie noch immer den Rücken zu, aber er scheint kaum merklich den Kopf gesenkt zu haben.

»Glaub nicht, er würde dir helfen. Übrigens.« Sie zieht die Waffe aus dem Holster.

»Falls du es noch nicht bemerkt hast.« Sie richtet die Waffe direkt auf sein Gesicht.

»Ich habe heute den ersten offiziellen Befehl zu einem Mord.« Das irre Funkeln in ihren Augen wird stärker.

Sie drückt ab. Ohne wimpernzucken.

Er fällt um. Ohne wimpernzucken.

Landet mit einem dumpfen Geräusch auf dem Teppich.

Die grünen Augen?
Starr.
Ins Nirgendwo gerichtet.
Seit sechzehn Jahren.